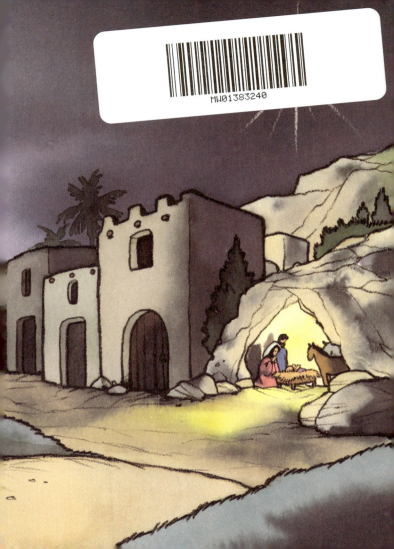

# **UNA BIBLIA ESPECIAL**

Para

_Heather Lynne Crespo_

De

_Tío Jesus y Blanca_

_____

Fecha _24 nov. 1996_

"Jehová te bendiga, y te guarde;
Jehová haga resplandecer su rostro
sobre ti, y tenga de ti misericordia;
Jehová alce sobre ti su rostro, y ponga
en ti paz."

-NUMEROS 6:24-26 (RV)

# Mi Pequeña Biblia

Historias relatadas por
Mary Hollingsworth

Ilustraciones de
Stephanie McFetridge Britt

EDITORIAL
BETANIA

Miami, Florida

©1992 Word Publishing
Publicado por ©1993 *EDITORIAL BETANIA*
9200 S. Dadeland Blvd., Suite 209
Miami, FL 33156, EE.UU.

©Ilustraciones por *Stephanie McFetridge Britt*
Historias relatadas por *Mary Hollingsworth*

Traducido por Piedra Angular
Comunicaciones, S.A. de C.V.,
con la colaboración especial de
*Saraí León-Patiño*
*David Coyotl*
*Mary Ruiz*
*Jacob Hernández*

Reservados todos los derechos.
Prohibida la reproducción total
o parcial de esta obra
sin la debida autorizacion
de los editores.

ISBN: 0-88113-209-8

**Manufactured in Mexico**

6789  DOR  98765

Querido Lector:

La Biblia es el libro más importante del mundo.

Ahora tienes tu propia pequeña Biblia. Tiene 20 historias del Antiguo Testamento y 22 historias del Nuevo Testamento.

El Antiguo Testamento nos cuenta cómo hizo Dios al mundo. También nos habla de los primeros seres humanos. El Nuevo Testamento nos cuenta acerca del Hijo de Dios, Jesús, y de cómo podemos llegar al cielo.

Es bueno leer tu Biblia todos los días. Te ayudará a mantenerte cerca de Dios.

El Editor

# Contenido

**Historias del Antiguo Testamento**  9

1. Dios Hizo el Mundo  10
2. Adán y Eva  12
3. El Gran Barco de Noé  14
4. La Túnica Especial de José  16
5. El Bebé Moisés  18
6. Un Arbusto Ardiente  20
7. Huyendo de Egipto  22
8. Las Diez Leyes de Dios  24
9. Caen las Murallas de Jericó  26
10. Sansón y Dalila  28
11. Ruth y Nohemí  30
12. David y el Gigante  32
13. El Rey David  34
14. Salomón es Sabio  36
15. La Valiente Reina Ester  38
16. Mi Pastor  40
17. Consejos a los Niños  42
18. Sadrac, Mesac y Abed-Nego  44
19. Daniel y los Leones  46
20. Jonás y el Gran Pez  48

**Historias del Nuevo Testamento** 51

| | |
|---|---|
| 21. Nace Juan | 52 |
| 22. Nace Jesús | 54 |
| 23. Los Pastores | 56 |
| 24. Los Sabios | 58 |
| 25. El Niño Jesús | 60 |
| 26. Jesús Alimenta a 5,000 Personas | 62 |
| 27. Jesús Detiene una Tormenta | 64 |
| 28. Jesús y los Niños | 66 |
| 29. Jesús y el Hombre Ciego | 68 |
| 30. El Hijo Derrochador | 70 |
| 31. Zaqueo Encuentra a Jesús | 72 |
| 32. ¡Lázaro Revive! | 74 |
| 33. La Ultima Cena de Jesús | 76 |
| 34. Buenas Noticias | 78 |
| 35. Jesús Regresa al Cielo | 80 |
| 36. Los Seguidores de Jesús Comparten | 82 |
| 37. Saulo se Encuentra con Jesús | 84 |
| 38. Pedro y el Angel | 86 |
| 39. Ama a los Demás | 88 |
| 40. Obedece a Tus Padres | 90 |
| 41. Ayuda a Otros | 92 |
| 42. ¡Jesús Regresará! | 94 |

# HISTORIAS
## DEL
# ANTIGUO TESTAMENTO

# Dios Hizo el Mundo

Dios hizo el mundo. Y todo lo que hay en él. Hizo el sol y la luna. Hizo los mares y la tierra seca. Hizo las plantas. Hizo los peces, las aves y los demás animales. E hizo al hombre y a la mujer.
Dios estaba feliz con lo que había hecho.

GENESIS 1:1-25

*Menciona algo que Dios creó.*

# **Adán y Eva**

El hombre y la mujer que Dios hizo se llamaban Adán y Eva. Vivían en un hermoso jardín llamado Edén. Cuidaban el jardín para Dios. El jardín estaba lleno de maravillosos árboles frutales y plantas. Dios dejó que Adán le pusiera nombre a los animales.
Adán y Eva eran muy felices en el Edén.

GENESIS 1:26-2:25

*¿Puedes encontrar al león en el dibujo?*

# El Gran Barco de Noé

La gente de la tierra se hizo mala. Noé era el único hombre bueno. Dios decidió inundar la tierra con agua, así que le dijo a Noé que construyera un gran barco para salvar a su familia. Dios mandó a una pareja de cada uno de los animales para que Noé los metiera al barco.

Llovió durante cuarenta días y cuarenta noches. El agua cubrió todo. Pero todos en el barco estaban a salvo.

GENESIS 6:9-8:22

*¿Dónde está Noé en el dibujo?*

# La Túnica Especial de José

Jacob tenía doce hijos y José era su favorito. Jacob le dió a José una túnica especial. Y los hermanos de José se enojaron. Vendieron a José a unos hombres que iban a Egipto. José se convirtió en esclavo de uno de los trabajadores del rey. Y allí era donde Dios quería que estuviera.

GENESIS 37, 39:1-6

*¿Qué colores hay en la túnica de José?*

# El Bebé Moisés

Cuando Moisés era un bebé, su madre lo escondió de los soldados del rey de Egipto. Hizo un barquito para él. Escondió a Moisés en el barquito y lo puso en el Río Nilo.
La hija del rey encontró a Moisés y lo adoptó. Moisés creció en la misma casa del rey, tal y como Dios lo había planeado.

EXODO 1:22-2:10

*¿Quién encontró al bebé Moisés en el río?*

# Un Arbusto Ardiente

Cuando Moisés era más grande vió un arbusto ardiente. Pero el arbusto no se consumía. Moisés fue hacia el arbusto y la voz de Dios habló desde el arbusto. "Moisés, no te acerques. Quítate los zapatos. Estás en suelo sagrado."
Entonces Dios le pidió a Moisés que rescatara a Su pueblo de Egipto.

EXODO 3:1-20

*¿Por qué está descalzo Moisés?*

# Huyendo de Egipto

Moisés y su hermano Aarón fueron a ver al rey de Egipto. Le dijeron: "Dios quiere que dejes ir a Su pueblo." El rey dijo: "No." Así que Dios hizo que pasaran cosas terribles en Egipto. Finalmente, el rey dejó ir al pueblo de Dios. Y Moisés los guió fuera de Egipto para que ya no fueran esclavos.

EXODO 7:10-12:33, 14:30-31

*¿Puedes señalar al rey de Egipto?*

# Las Diez Leyes de Dios

Después de que el pueblo de Dios dejó Egipto, Dios les dió diez leyes. El quería que las obedecieran. Escribió las leyes en grandes piedras y le dió las piedras a Moisés.

Esas leyes ayudaron al pueblo de Dios a ser puro y santo. Las leyes se llaman los Diez Mandamientos.

EXODO 20:1-17, 24:12-14, 32, 33:15-16

*¿Qué está sosteniendo Moisés?*

# Caen las Murallas de Jericó

Dios quería que los israelitas capturaran la ciudad de Jericó. Jericó estaba rodeada de grandes murallas, así que Dios hizo caminar al pueblo alrededor de la ciudad una vez cada día durante seis días. El séptimo día, les hizo dar siete vueltas. Luego les dijo que tocaran sus trompetas y gritaran. Y las murallas de Jericó cayeron.

Los israelitas capturaron la ciudad porque obedecieron a Dios.

JOSUE 6:1-17, 20

*¿Cuándo cayeron las murallas?*

# Sansón y Dalila

Sansón es el hombre más fuerte que ha vivido. Lo que lo hacía fuerte era un secreto. Sansón amaba a Dalila. Ella lo engañó, y él le dijo que el secreto de su fuerza era su largo cabello.
Dalila cortó el cabello de Sansón mientras él dormía. Así, Sansón se debilitó y sus enemigos lo capturaron.

JUECES 16:4-22

*¿Sabes algún secreto? ¿Lo debes contar?*

# **Ruth y Nohemí**

Ruth se casó con el hijo de Nohemí. Pero su hijo murió. Entonces Ruth y Nohemí se fueron a un país llamado Judá. Booz, el primo de Nohemí vivía allí. Tenía un gran sembradío. Booz dejaba que Ruth recogiera trigo de su campo para dar de comer a Nohemí.

Pronto, Booz se casó con Ruth. Y tuvieron un hijo llamado Obed. Nohemí cuidaba a Obed.

RUTH 1-4

*¿Conoces a algún bebé?*

# David y el Gigante

David era un pastorcito de ovejas israelita. Goliat era un soldado filisteo muy grande. ¡Medía nueve pies (tres metros) de alto! Sus países eran enemigos.
Un día David y Goliat tuvieron una pelea. Goliat vestía una armadura y tenía una gran lanza. David solamente tenía su honda y cinco piedras. Pero Dios ayudó a David a ganar la batalla ese día.

1 SAMUEL 17:4-50

*Señala la honda de David.*

# El Rey David

Dios escogió a David para ser rey. Todo el pueblo de Dios se reunió en Hebrón. Hicieron un acuerdo con David. Y la gente derramó aceite sobre la cabeza de David para hacerlo su rey.
David fue un gran rey. Gobernó al pueblo de Dios por cuarenta años.

2 SAMUEL 5:1-12

*¿Por qué derramaron aceite sobre la cabeza de David?*

# Salomón es Sabio

Cuando David murió, su hijo Salomón se convirtió en el rey. Dios dijo: "Salomón, pide lo que quieras. Yo te lo daré." Salomón le pidió a Dios sabiduría para gobernar al pueblo de Dios. Dios estaba muy contento porque Salomón había pedido sabiduría y no dinero. Así que hizo a Salomón el hombre más sabio y más rico que ha vivido.

1 REYES 3:4-15

*¿Quién es el hombre más sabio que ha existido?*

# La Valiente Reina Ester

Amán odiaba a los judíos, al pueblo de Dios. Engañó al rey Asuero para que hiciera una ley para matar a los judíos. Ester era la reina, y el rey Asuero la amaba. Pero Ester era judía. Ella valientemente le dijo al rey del engaño de Amán. El rey se enojó y mandó matar a Amán. La valiente reina Ester había salvado al pueblo de Dios.

ESTER 2-9

*Señala la corona de Ester.*

# **Mi Pastor**

El Señor es como un pastor. Y nosotros somos como sus ovejas. Nos da todo lo que necesitamos. Nos da un buen lugar para dormir, agua fresca para beber, y buena comida para comer. Nos protege de nuestros enemigos. No debemos tener miedo, porque El está siempre con nosotros. Y podemos vivir para siempre con El.

SALMO 23

*¿Quién nos ayuda cuando tenemos miedo?*

# Consejos a los niños

Nunca olvides lo que tus padres te enseñan. Haz lo que te digan. Si lo haces, tendrás una larga vida y serás feliz. Siempre confía y ama a tus padres. De esa manera Dios estará contento contigo.

PROVERBIOS 3:1-4

*¿Si obedeces a tus padres Dios está contento?*

# Sadrac, Mesac y Abed-Nego

Sadrac, Mesac y Abed-Nego amaban a Dios. El rey de Babilonia hizo un ídolo para que el pueblo lo adorara. Pero estos hombres no adoraron al ídolo. Así que el rey los puso en el horno de fuego. Dios envió a Su ángel para salvarlos del fuego. El rey estaba sorprendido y comenzó a adorar a Dios también.

DANIEL 3:1-29

*¿Quién salvó a los hombres del fuego?*

# Daniel y los Leones

El rey Darío hizo una ley para que la gente no orara a Dios. Pero Daniel siguió orando a Dios tres veces al día. Por lo tanto, el rey arrojó a Daniel a un foso con leones. Dios amaba a Daniel y no permitió que los leones lo lastimaran. El rey se sorprendió de hallar vivo a Daniel. Entonces el rey Darío creyó en Dios también.

DANIEL 6:1-23

*¿Dónde está el león?*

# Jonás y el Gran Pez

Dios le dijo a Jonás que fuera a predicar a Nínive. Pero Jonás huyó en un barco. Así que Dios envió una gran tormenta. Los hombres del barco se dieron cuenta de que la tormenta era por culpa de Jonás. Jonás no había obedecido a Dios. Así que arrojaron a Jonás al mar. Entonces Dios envió a un gran pez para que tragara a Jonás. Después de tres días, el pez arrojó a Jonás en tierra seca. Entonces Jonás se fue a Nínive.

JONAS 1-3

*¿Cuánto tiempo estuvo Jonás dentro del pez?*

# HISTORIAS DEL NUEVO TESTAMENTO

# **Nace Juan**

El ángel de Dios le dijo a Zacarías que su esposa Elizabet iba a tener un bebé. El ángel le dijo a Zacarías que le pusiera Juan al bebé. Zacarías no le creyó al ángel. Así que Dios no lo dejó hablar hasta que el bebé nació. Cuando el bebé llegó, la gente le preguntaba a Zacarías cómo se llamaría. El escribió: "Su nombre es Juan." Entonces Zacarías pudo hablar otra vez.

LUCAS 1:5-20, 57-66

*¿Cuál es el nombre del bebé?*

# Nace Jesús

Un ángel de Dios le dijo a María que tendría un bebé varón. El bebé sería el único Hijo de Dios. El ángel le dijo a María que le pusiera Jesús al bebé. Le dijo que el bebé nacería para salvar a la gente de sus pecados. Después, el bebé nació en un establo de Belén. Su cuna fue el pesebre donde comían los animales.

LUCAS 1:26-33, 2:1-7

*¿Dónde nació Jesús?*

# **Los Pastores**

La noche que Jesús nació, algunos pastores estaban en el campo con sus ovejas. De repente, vieron a un ángel y se asustaron. El ángel les dijo que no se asustaran. Les traía buenas noticias. Les dijo que Jesús el Salvador había nacido. Los pastores estaban felices. Y fueron a adorar a Jesús.

LUCAS 2:8-20

*¿Cuáles fueron las buenas noticias del ángel?*

# **Los Sabios**

Algunos sabios del Oriente vieron una nueva estrella brillante. Supieron que la estrella era por causa del Hijo de Dios y querían adorarlo. Así que siguieron a la estrella hasta que encontraron al bebé Jesús. Le dieron al bebé Jesús algunos regalos especiales.

MATEO 2:1-12

*Señala la estrella.*

# El Niño Jesús

Jesús fue a Jerusalén con Sus padres. Tenía doce años. Cuando Sus papás se fueron a su casa, no podían encontrar a Jesús. Así que regresaron a Jerusalén para buscarlo. Lo buscaron por tres días. Finalmente lo encontraron en el templo hablando con los maestros acerca de Dios.

LUCAS 2:41-52

*¿En dónde encontraron a Jesús Sus papás?*

# Jesús Alimenta a 5,000 Personas

Más de cinco mil personas siguieron a Jesús lejos de la ciudad. Jesús les enseñaba y sanaba a los enfermos. En la tarde, los seguidores de Jesús querían mandar de regreso a la gente para que buscaran comida. Pero Jesús les dijo que alimentaran a la gente. Los seguidores sólo tenían cinco pequeños panes y dos peces. Así que Jesús tomó la comida, le dió gracias a Dios por ella, y alimentó a las cinco mil personas.

MATEO 14:13-21

*¿Qué dió de comer Jesús a la gente?*

# Jesús Detiene una Tormenta

Jesús y Sus seguidores estaban en un barco durante una gran tormenta. Jesús estaba dormido y Sus seguidores tenían mucho miedo. Pensaron que a Jesús no le importaba que se ahogaran. Así que lo despertaron.

Jesús le dijo a la tormenta que se calmara. El viento se detuvo y el lago se calmó. ¡Y los seguidores se admiraron de Su poder!

MARCOS 4:35-41

*¿Te has asustado alguna vez durante una tormenta?*

# Jesús y los Niños

La gente trajo a sus niños a ver a Jesús. Los seguidores de Jesús trataron de alejar a los niños. Pero Jesús les dijo que dejaran a los niños acercarse a El. Les dijo a Sus seguidores que amaran a Dios como los niñitos lo hacen.
Entonces Jesús tomó a los niños en Sus brazos y los bendijo.

MARCOS 10:13-16

*¿Crees que Jesús ama a los niños?*

# Jesús y el Hombre Ciego

Bartimeo estaba ciego. Estaba sentado junto al camino. Entonces escuchó que Jesús se acercaba. Clamó a Jesús para que le ayudara. Jesús dijo: "Bartimeo, ¿qué quieres que haga por ti?" Bartimeo le dijo que quería ver otra vez. Jesús sanó a Bartimeo y él pudo ver. Entonces Bartimeo siguió a Jesús.

MARCOS 10:46-52

*¿Cómo sería estar ciego?*

# El Hijo Derrochador

Un día, el más joven de dos hermanos tomó la parte que le correspondía del dinero de su padre. Se fue a un país lejano. Allí gastó todo el dinero. Estaba pobre. No tenía comida. Consiguió un trabajo cuidando cerdos. Y decidió regresar a casa. Se sentía mal por haber actuado así.
Su padre estaba muy feliz de que su hijo regresara a casa, y le hizo una fiesta.

LUCAS 15:11-32

*No es bueno escaparse de casa.*

# Zaqueo Encuentra a Jesús

Zaqueo robaba a la gente haciéndole pagar muchos impuestos. Un día Jesús llegó al pueblo. Zaqueo era tan bajito que no podía ver por encima de la gente. Así que subió a un árbol para ver a Jesús. Jesús lo vió y le dijo que bajara. Entonces Jesús se fue a casa de Zaqueo a cenar. Y Zaqueo nunca más volvió a robarle a la gente.

LUCAS 19:1-10

*¿Cómo pudo Zaqueo ver a Jesús?*

# ¡Lázaro Revive!

Lázaro, el amigo de Jesús, murió. Así que Jesús fue a ver dónde estaba sepultado Lázaro. Y Jesús lloró. ¡Entonces Jesús hizo algo maravilloso! Llamó a Lázaro para que saliera de la tumba. Dijo: "Lázaro, sal de ahí!"

Y Lázaro salió caminando de la tumba. ¡Estaba vivo otra vez!

Jesús lo había levantado de la muerte.

JUAN 11:1-44

*¿Qué hizo Jesús cuando su amigo murió?*

# La Ultima Cena de Jesús

La última cena que Jesús compartió con sus seguidores se llamó Pascua. El tenía un poco de pan. Dijo que el pan era como Su cuerpo. Entonces tomó una copa de vino. Dijo que el vino era como su sangre. Les pidió que lo recordaran con vino y pan hasta que El regresara.

LUCAS 22:14-20

*¿Jesús quiere que lo recordemos?*

# **Buenas Noticias**

Jesús, el Hijo de Dios, fue muerto en una cruz por Sus enemigos. Todo estaba oscuro, era un día triste. Los amigos de Jesús lo bajaron de la cruz. Lo cubrieron con ropas especiales y lo sepultaron. ¡Pero tres días después Jesús regresó a la vida! Jesús es más poderoso que la muerte. Por eso puede salvarnos de nuestros pecados. ¡Y esas son buenas noticias!

JUAN 19:16-20:18

*¿Cuáles son la buenas noticias?*

# Jesús Regresa al Cielo

La obra de Jesús en la tierra estaba hecha. Le dijo a sus seguidores que dijeran al mundo entero las buenas noticias acerca de El. Entonces Jesús desapareció en una nube. Regresó al cielo.

Sus seguidores estaban mirando al cielo cuando dos hombres aparecieron. Les dijeron que Jesús regresaría a la tierra un día.

HECHOS 1:6-11

*¿Dónde está Jesús ahora?*

# Los Seguidores de Jesús Comparten

Los seguidores de Jesús compartían todo lo que tenían. Cada persona tenía lo que necesitaba para vivir. Los seguidores daban dinero, comida y ropa a aquellos que la necesitaban. Y Dios bendecía mucho a todos los seguidores.

HECHOS 4:32-35

*¿Qué cosa puedes compartir tú?*

# Saulo se Encuentra con Jesús

Saulo iba a Damasco para perseguir a los seguidores de Jesús. En el camino, una luz brillante cegó a Saulo. Entonces la voz de Jesús dijo: "Saulo, yo soy Jesús. Ve a Damasco y espera. Alguien te dirá lo que debes hacer." Tres días después, Ananías enseñó a Saulo a seguir a Jesús.

HECHOS 9:1-19

*¿Qué le dijo Jesús a Saulo?*

# Pedro y el Angel

Pedro estaba en la cárcel durmiendo entre dos soldados. Lo tenían encadenado. Los soldados cuidaban la puerta de la cárcel también. De repente, un ángel llegó. Las cadenas de Pedro cayeron. Y el ángel sacó a Pedro de la cárcel. Dios salvó a Pedro de sus enemigos.

HECHOS 12:6-10

*¿Quién ayudó a Pedro a salir de la cárcel?*

# Ama a los Demás

Lo mejor de todo es el amor. Las personas que aman a otros son amables y pacientes. No son rudas o groseras. No presumen de ellas mismas. Las personas que aman no son celosas unas con otras. No se enojan fácilmente. Y siempre están cuando las necesitan. Son buenas con los demás.

1 CORINTIOS 13

*¿Cómo muestras amor?*

# **Obedece a Tus Padres**

Niños, deben obedecer a sus padres como Dios quiere que lo hagan. Esto es lo correcto. El mandamiento de Dios dice: "Honra a tu padre y a tu madre." Si lo haces, Dios te promete una larga vida, y una vida feliz en la tierra.

EFESIOS 6:1-3

*¿Por qué debes obedecer a tus padres?*

# **Ayuda a Otros**

Dios quiere que ayudemos a otras personas. Debemos amarnos unos a otros. Debemos recibir gente en nuestras casas. Y debemos visitar a los que están en la cárcel. Debemos mostrarles que nos preocupamos por ellos.

HEBREOS 13:1-3

*¿Cómo puedes ayudar a otros?*

# ¡Jesús Regresará!

Algún día, Jesús regresará del cielo. El dijo: "¡Vengo pronto!" Cuando El venga, traerá recompensas con El. Dará regalos a los que hacen el bien. Aquellos que creen en Jesús irán al cielo con El.

APOCALIPSIS 22:12-14, 20-21

*¿Estarás contento de ver a Jesús?*